Harry Potter et la Chambre des secrets

de J. K. Rowling

Rendez-vous sur lepetitlitteraire.fr et découvrez :

Plus de 1200 analyses
Claires et synthétiques
Téléchargeables en 30 secondes
À imprimer chez soi

J. K. ROWLING

ROMANCIÈRE ANGLAISE

- **Née en 1965 en Angleterre**
- **Quelques-unes de ses œuvres :**
  - *Harry Potter et la Chambre des secrets* (1998), second tome de la saga
  - *Harry Potter et les Reliques de la mort* (2007), dernier tome de la saga
  - *Une place à prendre* (2012), roman

Joanne Rowling est une romancière britannique. Ancienne professeure de français, elle est l'une des auteures les plus connues au monde grâce à sa célèbre série de livres relatant les aventures de Harry Potter.

Désormais à la tête d'une immense fortune, elle est active dans le domaine humanitaire, et notamment dans la défense des enfants maltraités. Elle a écrit quelques autres livres liés à l'univers du jeune sorcier, dont les profits ont été reversés à des œuvres caritatives.

Hormis les ouvrages liés à sa série phare, elle est l'auteure, entre autres, d'*Une place à prendre*, roman publié en 2012.

HARRY POTTER ET LA CHAMBRE DES SECRETS

UN SUCCÈS DE LA FANTASY

- **Genre :** roman de fantasy
- **Édition de référence :** *Harry Potter et la Chambre des secrets*, traduit par Jean-François Ménard, Paris, Gallimard Jeunesse, coll. « Folio junior », 1998, 361 p.
- **1ʳᵉ édition :** 1998
- **Thématiques :** magie, fantôme, journal intime, confiance, amitié, école, éducation, courage, tolérance

Harry Potter et la Chambre des secrets est le deuxième tome des aventures du jeune sorcier, paru, en Grande-Bretagne, en 1998. La saga est aujourd'hui terminée et compte sept volumes, publiés en version originale entre 1997 et 2007. Le roman a été très bien reçu tant par les lecteurs que par la critique qui lui a attribué plusieurs récompenses.

L'intrigue conte aux lecteurs le retour de Harry Potter à Poudlard, son école de sorcellerie. Il y retrouve ses meilleurs amis, Ron et Hermione, avec qui il partagera une année mouvementée. En effet, un évènement de taille vient perturber la vie de l'école : des élèves sont retrouvés pétrifiés et le mystère de la Chambre des secrets est sur toutes les lèvres... Harry et ses amis démasqueront-ils le coupable ?

RÉSUMÉ

LA RENTRÉE DES CLASSES

Alors que les Dursley reçoivent un important client de l'oncle Vernon, Harry, dont c'est l'anniversaire, tombe nez-à-nez avec une mystérieuse créature dans sa chambre. Il s'agit de Dobby, un elfe de maison qui est en apparence faible et totalement soumis à ses propriétaires. Il vient l'avertir que sa vie est menacée s'il retourne à Poudlard. Face à son refus de renoncer à son année à l'école, Dobby fait s'abattre un grand gâteau sur le sol de la cuisine. En conséquence, les Dursley punissent Harry et l'enferment dans sa chambre. Mais Ron et ses frères viennent le délivrer et l'emmènent chez eux dans une voiture volante. C'est ainsi que Harry fait la connaissance de Ginny, la sœur de Ron, et de ses parents.

En achetant ses livres d'école, le jeune garçon rencontre son nouveau professeur de défense contre les forces du mal, Gilderoy Lockhart. Il croise aussi Malefoy et son père. Dans l'espoir de déclencher une dispute avec Arthur Weasley, ce dernier prend un livre de Ginny dans son chaudron, mais finit par le remettre en place.

Le jour de la rentrée, alors qu'ils tentent de pénétrer sur le quai 9 ¾, Harry et Ron sont bloqués de manière inexpliquée. Ils prennent donc la voiture de M. Weasley pour gagner l'école en volant. À l'arrivée, le véhicule s'écrase contre le saule cogneur, un arbre qui rend les coups. Les deux garçons écopent d'une retenue.

Drago Malefoy prouve vite qu'il n'a pas changé durant les vacances. En effet, il n'hésite pas à traiter Hermione de Sang-de-Bourbe, terme infâmant pour désigner un enfant né de parents Moldus (c'est-à-dire dépourvus de pouvoirs magiques). De plus, nommé attrapeur dans l'équipe de Quidditch de Serpentard, il est à nouveau en compétition avec Harry.

LA CHAMBRE DES SECRETS

Des évènements étranges commencent à se produire à Poudlard : un message annonçant l'ouverture de la Chambre des secrets est peint sur un mur, et la chatte de Rusard, le concierge cracmol (sorcier dépourvu de pouvoirs magiques), est retrouvée pétrifiée. De plus, Harry entend une voix qui profère des menaces. Harry, Ron et Hermione décident d'élucider le mystère. Ils accusent d'abord Malefoy d'être celui qui a ouvert la Chambre des secrets.

Ils apprennent également que Salazar Serpentard, l'un des fondateurs de Poudlard, aurait caché un monstre dans l'école destiné à en chasser tous les sorciers issus de Moldus. Afin de savoir si Malefoy est son héritier, les trois amis utilisent du polynectar pour l'interroger. Cette potion permet à celui qui la boit de prendre l'apparence de quelqu'un d'autre. Malheureusement, il s'avère que Drago n'est pas l'héritier de Serpentard. Mais les trois amis apprennent que la Chambre a été ouverte cinquante ans auparavant et qu'un élève est mort suite à cela.

Durant le match de Quidditch, un cognard brise le bras d'Harry. Il est emmené à l'infirmerie, où Dobby réitère ses avertissements. Plus tard, Colin Crivey, un autre élève, y est amené : il a été pétrifié comme la chatte de Rusard.

Lors d'une séance du club de duel, Malefoy lance un serpent à l'attaque de Harry. Celui-ci lui parle en Fourchelang, une langue maitrisée notamment par Salazar Serpentard et Voldemort. Le lendemain, Harry découvre un nouvel élève pétrifié ; tout le monde est persuadé qu'il est coupable.

Dans les toilettes des filles hantées par le fantôme de Mimi Geignarde, une ancienne élève décédée quelques années plus tôt, Harry et Ron trouvent un journal intime. Harry le ramasse. Les pages sont vierges, mais lorsqu'il essaye d'y écrire quelque chose, le journal lui raconte la première ouverture de la Chambre des secrets. Ce journal appartenait autrefois à un certain Tom Jedusor, ancien élève de Serpentard qui s'avèrera être Voldemort. Celui-ci fait croire à Harry et à Ron que c'est Hagrid qui a libéré le monstre dans l'école. Peu de temps après, quelqu'un vole le journal intime dans le dortoir de Harry.

Ce dernier entend à nouveau la voix qui lui parle dans les couloirs. Saisie d'une intuition, Hermione file à la biblio-thèque, mais elle se fait pétrifier, avant d'avoir confié son idée. Harry et Ron se rendent chez Hagrid pour lui parler de ce qu'ils savent. Alors qu'ils sont chez lui, dissimulés sous la cape d'invisibilité, Cornelius Fudge, le ministre de la Magie vient l'arrêter. Avant de quitter sa maison, Hagrid conseille à voix haute aux enfants de « suivre les araignées » pour élucider le mystère. Quant à Dumbledore, il est suspendu de son poste de directeur.

TOM JEDUSOR

Harry et Ron décident de faire confiance à Hagrid et suivent les araignées dans la Forêt interdite. Elles les amènent à Aragog, une acromentule (araignée géante) élevée par Hagrid que l'on a prise à tort pour le monstre de Serpentard. Aragog leur apprend que la victime du vrai monstre est morte dans les toilettes. Les enfants devinent qu'il s'agit de Mimi Geignarde.

En rendant visite à Hermione, toujours pétrifiée, les deux garçons découvrent que le monstre est un Basilic, une créature légendaire, et que l'entrée de la Chambre est probablement située dans les toilettes de Mimi Geignarde. Voulant raconter ce qu'ils savent à McGonagall, ils apprennent qu'une élève a été enlevée par le monstre : il s'agit de Ginny Weasley. Harry et Ron se rendent alors dans les toilettes et y découvrent l'entrée de la Chambre. Harry y pénètre seul : Ron est bloqué par l'affaissement du plafond.

Dans la Chambre, Harry découvre Ginny inanimée. Tom Jedusor se trouve à côté d'elle : il l'a manipulée durant toute l'année, grâce au journal qu'elle avait en sa possession, pour faire sortir le Basilic et pour attaquer les élèves. Sa véritable identité est révélée : il n'est autre que le souvenir de Voldemort conservé dans le journal. Harry vainc le Basilic, puis transperce le journal intime, tuant ainsi Jedusor. Il emmène Ginny qui est revenue à la vie.

Plus tard, Harry a une conversation avec Dumbledore sur ses ressemblances avec Voldemort. Au même moment, le père de Drago fait irruption dans le bureau, accompagné de

Dobby, son elfe de maison. Harry l'accuse aussitôt d'avoir donné le journal à Ginny, mais, devant l'absence de preuve, M. Malefoy s'en va. Harry le rattrape et affranchit Dobby. Hermione est, quant à elle, dépétrifiée. Tout est rentré dans l'ordre. Les vacances d'été s'annoncent.

ÉTUDE DES PERSONNAGES

HARRY POTTER

Harry Potter est un jeune garçon âgé de 12 ans dont les parents ont été tués par Voldemort. Lors de cette terrible nuit, il n'était encore qu'un bébé et a, malgré tout, survécu au sort lancé par Celui-dont-on-ne-doit-pas-prononcer-le-nom. Depuis lors, ce dernier n'a qu'un souhait : le détruire.

Lorsqu'on le retrouve au début du deuxième tome de ses aventures, le jeune garçon évolue dans un décor pratiquement similaire à celui de l'été précédent. Il vit chez son oncle et sa tante, les Dursley, qui ne lui montrent aucune affection et le traitent avec mépris, n'hésitant pas à nier son existence auprès de leurs invités. Cette attitude castratrice n'est pas inconnue des lecteurs puisque, dans le premier tome, les Dursley avaient essayé par tous les moyens d'étouffer la magie qui était en train d'éclore en Harry, lui mentant sur son passé et celui de ses parents.

Son identité continuera d'être malmenée tout au long du deuxième tome puisqu'il sera accusé d'être l'héritier de Salazar Serpentard, l'un des quatre fondateurs de Poudlard. Il finira même par douter de qui il est réellement : « Pouvait-il vraiment être un descendant de Salazar Serpentard ? Après tout, il ne savait rien de la famille de son père. Les Dursley lui avaient toujours interdit de poser des questions sur sa famille. » (édition datée de 1999, p. 211) Voldemort tentera de déstabiliser encore plus le jeune garçon en soulignant leur ressemblance : Voldemort et lui sont deux orphelins de sang-mêlé, élevés sans amour par des Moldus. Harry sort de l'affrontement ébranlé.

Accusé d'être celui qui lâche le monstre de la Chambre des secrets sur les enfants de Moldus, il connait à nouveau la solitude dans laquelle il a grandi, malgré le soutien de ses deux meilleurs amis. Il est toutefois toujours prompt à pardonner ceux qui l'ont incriminé ou pointé du doigt, preuve de ses qualités de cœur.

Physiquement et moralement, il porte de nombreuses cicatrices, malgré son jeune âge. Brimé par les Dursley, maltraité par Rogue et Malefoy, souvent esseulé, au gré des rumeurs qui règnent à Poudlard, Harry n'en devient pas pour autant aigri ou rancunier. Il a une confiance aveugle en Ron, Hermione, Hagrid et Dumbledore, et en est récompensé par leur présence et leur soutien sans faille. Le doute qui s'insinue en Harry quant à son identité est contredit par la détermination dont il fait preuve dans chacun de ses actes.

Il a de nombreuses qualités tant physiques qu'intellectuelles. En effet, il possède d'excellents réflexes, comme le prouve ses performances au Quidditch, il a beaucoup de sang-froid et de grandes capacités d'analyse. C'est grâce à ses qualités et à l'aide de ses amis qu'il déduit la localisation de la Chambre des secrets. Malgré la peur, il affronte courageusement Jedusor et le Basilic, et parvient à les détruire.

Dumbledore souligne chez lui « [son] ingéniosité [et] [s]a détermination » (édition datée de 1999, p. 352), des qualités auxquelles s'ajoute un grand sens des priorités. Il semble toutefois exprimer « un certain dédain pour les règlements » (*ibid.*) et n'hésitent donc pas à enfreindre les règles pour faire ce qui lui parait juste. Malgré la peur, il affronte les évènements, et n'éprouve guère de sympathie pour les gens lâches.

Ce n'est qu'à la fin du récit que Harry Potter parvient à se défaire quelque peu des questions identitaires qui l'ont tenu en haleine durant tout le roman. Dumbledore l'aide à prendre conscience du fait que « ce sont [les] choix [que nous faisons qui montrent] ce que nous sommes vraiment » (*ibid.*). Il s'agit, en effet, pour Harry de prendre son destin en main et de ne jamais suivre, passivement, la voie qui semble tracée devant lui.

HERMIONE GRANGER

Hermione est une jeune sorcière née de Moldus. Elle est brillante, mature et possède un grand sens moral. Elle tente toujours d'empêcher Harry et Ron, ses amis, d'enfreindre le règlement auquel elle semble, au premier abord, très attachée.

Cependant, au-delà de l'image stéréotypée d'une « mademoiselle je-sais-tout », Hermione est un personnage très complexe. Elle attache une grande importance à l'amitié, n'hésite jamais à défendre ses amis et s'inquiète beaucoup pour eux lorsqu'ils sont blessés, notamment lorsqu'un cognard casse le bras de Harry au Quidditch ou quand Ron vomit des limaces après avoir reçu un sort. Elle est également une jeune fille sensible aux charmes de Lockhart et à l'attention qu'il lui porte. Il n'est pas toujours facile pour elle, qui a deux garçons pour meilleurs amis, d'exprimer ses sentiments ou ses émotions.

Plongée dans un monde de sorciers, elle ne rejette pas pour autant ses origines et s'en montre même fière, malgré les insultes de Malefoy. Courageuse et téméraire, elle ne se laisse pas intimider par la menace qui plane sur les enfants de Moldus. Au contraire, elle met tout en œuvre pour démaquer le coupable. Elle se montre alors capable de tout, même de transgresser les interdits. Ainsi, elle vole des ingrédients dans les réserves du professeur Rogue et entame clandestinement la préparation de Polynectar, une potion très complexe. Ron et Harry sont impressionnés par son courage et son intelligence tout au long du roman. Hermione est également la première personne à résoudre le mystère du monstre de la Chambre des secrets, en comprenant que le monstre qui s'y cache est un Basilic. Elle est donc exceptionnellement perspicace et vive d'esprit malgré sa jeunesse.

RONALD WEASLEY

Ron est un jeune sorcier loyal, courageux et impétueux, toujours prêt à vivre une nouvelle aventure avec Harry. Son impulsivité le conduit à aller chercher Harry chez les Dursley en voiture volante ou à partir à Poudlard, dans le même véhicule, après avoir raté le train. Il ne réalise pas toujours les conséquences de ses actes car l'amitié prime pour lui, quitte à subir les foudres de sa mère ou de ses professeurs. Il n'est pas très assidu en cours (« Tu crois qu'on a rien de mieux à faire en cours de potions que d'écouter Rogue ? », édition datée de 1999, p. 171) et se moque souvent de l'amour des livres d'Hermione.

Ron se montre parfois sarcastique et de mauvaise humeur, mais cela ne dure jamais longtemps. Il est généralement boute-en-train et plein d'humour. Il jalouse parfois la célébrité de Harry alors que ce dernier lui envie sa famille. Ron est malgré tout quelqu'un de généreux qui n'hésite pas à partager ses proches et sa chambre avec Harry. Il défend ses amis quoi qu'il en coute et n'hésite pas à les suivre partout, quels que soient les risques encourus. Il est également toujours présent pour partager ses connaissances du monde magique avec Harry et Hermione qui ont été élevés par des Moldus. Courageux, il n'hésite pas à surmonter ses peurs (les araignées) pour suivre le conseil de Hagrid et obtenir des réponses, et à mettre sa vie en danger pour sauver ceux qu'il aime.

DOBBY

Dobby est un elfe de maison. Il a de grands yeux globuleux et des oreilles de chauve-souris. Craintif, il parait faible au premier abord. Pourtant, il tient tête à M. Malefoy, son maitre, à la fin de l'aventure. L'elfe de maison est inféodé à une habitation, généralement riche, et donc à une famille. Il en est même l'esclave et ne peut être affranchi qu'en recevant des vêtements.

Dobby cristallise la problématique de l'intolérance dans le monde de la sorcellerie : aux yeux de quelques sorciers, certaines créatures, et même certains sorciers, valent moins que d'autres. C'est le cas des elfes de maisons, mais aussi des sorciers dont l'un des parents, voire les deux, sont Moldus, ou encore de certains sorciers qui, même s'ils sont issus de familles au « sang pur », sont dépourvus de pouvoirs magiques. Dobby, l'elfe de maison, symbolise ces sorciers méprisés, dans le sens où il est la victime sur laquelle s'exercent le plus injustement les brimades.

Dans *Harry Potter et la Chambre des secrets*, ce type de raisonnement semble uniquement le fait de la famille Malefoy et de ses acolytes. Il parait cantonné à un mode de pensée issu d'un autre âge : celui de Salazar Serpentard. Harry s'oppose à cette logique raciste : dès sa première rencontre avec Dobby, il l'invite à s'asseoir à ses côtés, en égal (p. 17). De même, il n'a que faire de l'ascendance moldue de Hermione, et le manque de pouvoirs magiques de Rusard, le concierge de l'école, le laisse indifférent. Il va même au-delà en combattant l'intolérance de toutes ses forces et en tuant Tom Jedusor/Voldemort.

TOM JEDUSOR/VOLDEMORT

Tom Jedusor et Voldemort ne font qu'un, le premier étant le second à l'adolescence. Tom Jedusor, décrit comme un jeune homme séduisant, est avant tout un manipulateur : il fait croire à Ginny qu'il est son confident, et il embobine Harry en lui faisant croire que Hagrid était responsable de l'ouverture de la Chambre des secrets.

Orphelin, comme Harry, il est issu d'un père moldu et d'une mère sorcière. Il éprouve d'ailleurs beaucoup de haine pour son père, au point de changer son nom pour le renier. C'était un élève extrêmement doué : « C'était sans doute l'élève le plus brillant que l'on ait jamais vu à Poudlard », déclare à son sujet Dumbledore (p. 345). Mais, déjà à cette époque, Jedusor était un sorcier maléfique : il a tué Mimi Geignarde.

Comme dans le premier tome, Jedusor/Voldemort incarne le mal absolu. Il ne recule devant rien pour arriver à son but et certainement pas devant le meurtre. Il éprouve à l'égard de son père, notamment, beaucoup de haine et de colère contre Harry, qui l'a vaincu alors qu'il était bébé.

GILDEROY LOCKHART

Le professeur Lockhart est un personnage aux multiples facettes dont la superficialité cache des failles plus profondes. Il est un être narcissique par excellence. Il est très fier de son physique, regarde sans cesse son propre reflet et dépense beaucoup d'énergie à se mettre au premier plan. Même lorsqu'il tente d'afficher un peu d'altruisme, son côté frivole réapparait : « Mon ambition secrète serait de débarrasser le monde des forces du Mal et de lancer ma propre marque de produits pour les cheveux. » (édition datée de 1999, p. 113)

Il n'est pour autant pas sans intelligence. Ainsi, on apprend qu'il a fait sa scolarité à Serdaigle, la maison accueillant les élèves brillants et à la soif d'apprentissage insatiable. Cependant, il met son intelligence au service de son ambition et de sa paresse pour s'approprier la gloire des exploits des autres. Malgré la vanité de Lockhart, le lecteur doit lui reconnaitre une bonne humeur constante au sein du roman. En effet, il tente toujours de remonter le moral des élèves et de mettre l'ambiance, notamment en organisant une journée de Saint-Valentin haute en couleur.

Écrivain à succès, Lockhart semble avoir un besoin éperdu de reconnaissance et être en quête d'attention permanente. Qu'il s'agisse de ses exploits dans la lutte contre les forces mal, de son premier prix à l'élection du sourire le plus charmeur ou de son emploi de professeur à Poudlard, toute réussite est bonne à prendre du moment qu'elle braque les projecteurs sur lui. Lockhart est d'ailleurs un personnage très théâtral dont tous les gestes sont contrôlés (« Son chapeau pointu était posé un peu de travers sur ses cheveux ondulés pour lui donner l'air plus cordial. », édition de 1999, p. 69). À défaut d'être un sorcier brillant – il est incapable de gérer le groupe de lutins qu'il a lui-même apportés en classe et se fait désarmer par Harry qui n'est qu'en deuxième année de sorcellerie –, c'est un excellent acteur qui incarne avec réussite le rôle du héros charismatique de ses livres. Le public féminin l'apprécie beaucoup. Son vrai visage n'est dévoilé qu'à la fin du roman, lorsque Harry et Ron le démasquent alors qu'il s'apprêtait à fuir.

Lockhart est un être de contrastes : extérieurement chaleureux mais intérieurement insatisfait. Sa lâcheté et ses mensonges sont sans limites et il ne craint pas de manipuler les autres pour son propre profit. Il jette un sortilège d'amnésie à Ron et à Harry, sans se soucier des conséquences. Cependant, le sort se retourne contre lui et son acte malfaisant devient sa punition. À la manière d'une morale de conte de fée, le lecteur apprend ainsi que celui qui fait le mal n'est jamais récompensé.

Son personnage permet d'opposer l'adulte incompétent, peureux et égoïste qu'il est aux trois jeunes sorciers qui dépassent leurs craintes au nom de leurs valeurs : le courage, la tolérance, l'amitié, le pardon, la confiance…

- 16 -

CLÉS DE LECTURE

SCHÉMA ACTANCIEL

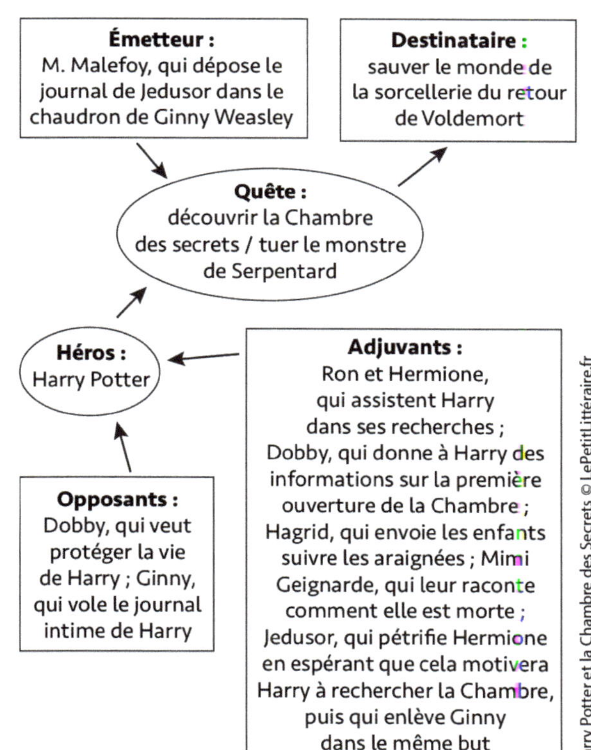

Remarque : Dobby se trouve à la fois parmi les opposants et parmi les adjuvants. À noter aussi que le nombre d'opposants est très peu élevé, et que les adjuvants sont nombreux. Et pour cause : Jedusor cherche à rencontrer Harry et fait tout pour qu'il poursuive sa quête.

SCHÉMA NARRATIF

- **La situation initiale :** comme son nom l'indique, elle constitue le début de l'histoire. Elle introduit le ou les personnages principaux et donne les éléments de base de l'histoire. Elle correspond également à une phase stable : elle dépeint une situation qui contient une certaine routine.

Dans *Harry Potter et la Chambre des secrets*, elle dure presque jusqu'à la fin du premier chapitre : Harry est en vacances et subit les brimades habituelles des Dursley.

- **L'élément perturbateur :** c'est ce qui vient rompre la routine de l'étape précédente. C'est le véritable déclencheur de l'histoire, sans lequel rien n'arriverait.

Il s'agit de l'arrivée de Dobby. L'elfe de maison informe Harry du complot qui se trame à Poudlard. Il le met sur la piste de la Chambre des secrets, même si la quête du garçon ne commence pas à cause de Dobby.

- **Les péripéties :** ce sont les différents évènements qui surviennent durant l'histoire. Ils découlent tous de l'élément perturbateur et entrainent la ou les actions entreprises par le héros pour résoudre le problème.

Harry entend une drôle de voix ; la chatte de Rusard, puis

Colin Crivey se font pétrifier ; Harry, Ron et Hermione boivent le Polynectar ; Harry trouve et lit le journal de Jedusor ; Hermione se fait pétrifier ; Hagrid se fait arrêter ; Ron et Harry rencontrent Aragog ; ils partent à la rescousse de Ginny ; Harry affronte le Basilic ; enfin, Harry affronte et vainc Jedusor.

- **Le dénouement :** C'est ce qui met un terme aux péripéties avant une nouvelle phase de stabilisation de l'histoire.

Harry aide Dobby à obtenir son affranchissement ; c'est la dernière conséquence de sa quête.

- **La situation finale :** il s'agit du résultat, de la fin de l'histoire. Il n'y a plus de nouvelle péripétie. L'histoire redevient stable. Parfois, cette phase peut s'avérer très courte dans un livre ; l'auteur ne s'étend généralement pas sur celle-ci car, justement, il n'y a pas grand-chose à en dire, et le lecteur peut aisément se l'imaginer.

La situation finale s'étend sur moins d'un chapitre (quelques pages à peine). Elle raconte les derniers jours de Harry à Poudlard. Les vacances s'annoncent.

LE GENRE DE LA FANTASY

Harry Potter et la Chambre des secrets appartient au genre de la fantasy.

Ce genre littéraire est relativement neuf : les premières œuvres que l'on range dans cette catégorie datent de la fin du XIXe siècle. De ce fait, le genre est encore mal défini et assez varié : il contient de nombreux sous-genres et se détermine par opposition à d'autres genres. Un des romans phares de la fantasy est le *Seigneur des Anneaux* de J.R.R. Tolkien (1892-1973).

La fantasy se caractérise par :

- **un univers fondamentalement différent du monde réel**, parfois en lien avec celui-ci. Dans *Harry Potter et la Chambre des secrets*, le monde des sorciers respecte ses propres règles qui diffèrent de celles du monde réel ;
- **la présence d'une forme de magie**. La plupart des personnages du roman sont dotés de pouvoirs, sinon magiques, du moins spéciaux ;
- **la coexistence de différentes races** (elfes, orques, nains, etc.) **et/ou de créatures mythologiques** (dragons, chimères, centaures, etc.). Dans *Harry Potter et la Chambre des secrets*, on croise des sorciers, des humains, un elfe de maison et un phénix ;
- **la référence régulière à un socle mythologique**. La fantasy puise dans la mythologie gréco-romaine, germanique, nordique et orientale, mais aussi dans la tradition populaire, voire folklorique. J. K. Rowling emprunte, par exemple, à la mythologie gréco-romaine la créature du Basilic, et à la tradition populaire les fantômes et Aragog, version « potterisée » de l'Arachnée d'Ovide (poète latin, 42 av. J.-C.-17/18 apr. J.-C.).

La fantasy ressemble par certains aspects à d'autres genres littéraires. Pourtant, elle s'en différencie par l'absence de certaines caractéristiques :

- la fantasy se démarque du conte de fées par une absence de structure systématique et de tradition orale. De plus, elle ne comprend pas forcément de morale ou, si elle en propose une, ce n'est pas son objectif premier, au contraire du conte de fées ;
- la fantasy se différencie également du fantastique par le fait que les éléments surnaturels qui apparaissent dans le récit ne suscitent aucune hésitation de la part des différents protagonistes et du lecteur quant à leur existence.

En conclusion, on peut dire que la fantasy est dotée de caractéristiques propres, mais qu'elle se situe à l'intersection entre le fantastique et le merveilleux.

UN ROMAN STÉRÉOTYPÉ ?

Dans ce roman, les stéréotypes littéraires de la fantasy sont tantôt construits, tantôt détruits par J. K Rowling.

Si on analyse la scène qui se déroule dans la *Chambre des secrets*, le Basilic, dans sa qualité de reptile au venin mortel, figure le motif du dragon, et Ginny celui de la princesse en détresse. Cependant, la scène ne se passe pas dans un donjon (lieu en hauteur) mais dans une chambre souterraine. En outre, au lieu d'user de la magie, Harry se sert de l'épée de Gryffondor pour tuer le Basilic, ce qui représente un acte de courage chevaleresque. On peut retrouver d'autres éléments qui placent ce roman à la suite des légendes arthuriennes. Dumbledore, le sage magicien et mentor de Harry, ressemble à Merlin, et l'épée qui apparait dans la Chambre, sous le Lac noir, rappelle Excalibur.

Le combat contre le de dragon est un motif récurrent de l'héritage culturel européen, dès l'Antiquité. Il symbolise la lutte du bien contre le mal, de la lumière contre les ténèbres, de la morale contre le chaos. Son rôle est plus limité dans les contes populaires où il se contente de détenir une princesse captive. Il représente alors le dernier obstacle de la quête du héros. Harry réalise en effet une étape de son voyage initiatique, sous terre pour retrouver Ginny – sa future femme – comme Orphée part sauver Eurydice aux Enfers. Il est l'Élu, c'est pourquoi il se retrouve seul, comme lors du premier tome, pour sauver les sorciers du mal, incarné en Voldemort.

Par conséquent, on peut affirmer que Rowling crée un univers qui parait, au premier abord, typique de la fantasy, mais qui constitue, en réalité, sa propre adaptation du genre. Elle puise certes dans les grandes traditions littéraires européennes mais elle personnalise les éléments qu'elle décide de conserver. Elle choisit, par exemple, de faire de Harry un orphelin, à la manière des héros de Dickens (écrivain anglais, 1812-1870) pour pouvoir développer la solitude d'un héros sur la voie de sa quête. Elle construit également Poudlard comme un château moyenâgeux, à la manière des pensionnats privés anglais, figé dans le temps et parfois un peu rétrograde (ils écrivent à la plume, sur des parchemins). Cependant, elle révolutionne ce lieu classique pour en faire un espace de tolérance sociale et raciale. L'usage d'un ton souvent humoristique et l'incursion de scènes burlesques contribuent également à l'unicité de l'écriture de Rowling au sein du courant de la fantasy, aux normes pourtant très stables.

UN VOCABULAIRE IMAGÉ

La création d'un monde voisin du nôtre, dans lequel la magie existe, a amené l'auteure à concevoir un vocabulaire particulier. L'invention de nouveaux mots était nécessaire puisque J. K. Rowling devait rendre compte de concepts inexistants : ingrédients magiques entrant dans la composition des recettes, des objets imaginaires, etc. Pour se faire, elle a inventé un vocabulaire imagé contenant de nombreux jeux de mots ou des anagrammes (figure de style qui consiste à mélanger les lettres au sein d'un mot) afin que, à la simple lecture du nouveau terme, le lecteur puisse en deviner la signification, l'utilité, etc. Nous pouvons ainsi citer la « beuglante » qui est un courrier magique transmettant des messages de colère, l'« oubliator » qui permet d'effacer la mémoire, etc.

Il en va de même pour de nombreux noms de personnages qui fournissent des indices sur le caractère et la personnalité de celui qui le porte, comme par exemple Severus Rogue ou Drago Malefoy.

Pour toutes ces raisons, le choix du traducteur était crucial afin de ne pas perdre la richesse du monde développé par J. K. Rowling. Jean-François Ménard (écrivain français et traducteur spécialisé dans les romans pour la jeunesse) a ainsi eu la lourde tâche de trouver des équivalents français aux nombreux termes imaginaires anglais.

UN UNIVERS MAGIQUE DANS NOTRE MONDE

Les lieux dans lesquels l'intrigue prend place sont particulièrement importants dans les récits de fantasy, car ils jouent sur le contraste entre familiarité et étrangeté pour créer un effet de tension. Ils ne sont pas de simples décors et agissent parfois comme des acteurs à part entière.

J. K. Rowling a choisi d'inclure son univers magique dans notre monde. Pour passer de l'un à l'autre, elle a créé des zones « floues » comme la gare de King's Cross ou le Chaudron Baveur. Ce sont des non-lieux, des lieux de passage. Dans la saga *Harry Potter*, ils marquent la séparation entre deux espaces bien distincts. Cette séparation est marquée par un obstacle physique, une barrière ou un mur. À la manière du miroir d'*Alice au pays des merveilles* ou de l'Armoire magique qui donne accès au monde de Narnia, ces objets constituent pour les sorciers autant de portes d'entrée vers un nouveau monde, un monde magique.

Les moyens de transport qui font la liaison entre ces lieux ont également leur importance. Par exemple, la voiture volante possède une symbolique multiple. Il s'agit d'un ar-téfact humain, transformé par un sorcier, M. Weasley, et qui fonctionne dans les deux mondes. Elle peut tantôt rouler, tantôt voler, ce qui tend à indiquer une complémentarité de l'univers des sorciers et de celui des Moldus. Cependant, la voiture a parfois des ratés en vol, la frontière entre les mondes est alors perturbée et source de tensions. Pour Harry, la Ford Anglia est symbole de liberté : elle lui permet de s'échapper de chez les Dursley pour aller dans la demeure des Wesley et ensuite de quitter le Londres des Moldus pour se rendre à Poudlard.

UN SUCCÈS PLANÉTAIRE

Aujourd'hui, le succès remporté par la saga Harry Potter est indéniable, mais il n'a pas toujours été au rendez-vous. En effet, J. K. Rowling a dû essuyer de nombreux refus de la part d'éditeurs qui ne trouvaient aucune qualité à son texte. Persévérant tout de même, elle a fini par trouver, en 1997, une maison d'édition qui a accepté de publier son texte à un faible tirage grâce, semble-t-il, à la jeune fille de l'éditeur qui avait apprécié l'histoire. Grâce au bouche-à-oreille, le roman devient très rapidement un succès et remporte quelques prix. Il est alors traduit en français par les éditions Gallimard qui y voient un futur bestseller.

Aujourd'hui, il s'agit d'un des plus grands succès en librairie puisque la saga s'est vendue à plusieurs centaines de millions d'exemplaires. Les raisons qui expliquent cet engouement sont multiples :

* il s'agit d'un roman d'apprentissage. Le jeune garçon et ses amis grandissent, évoluent et apprennent à maitriser la magie au fil des tomes. De la même façon, les premiers lecteurs, qui découvraient souvent la série alors qu'ils avaient le même âge que les protagonistes, ont vieilli en même temps qu'eux, ce qui a certainement joué dans le phénomène d'identification qui est intervenu dans le succès de la saga ;
* les thématiques mises à l'honneur dans les romans sont très attractives. La magie permet à la fois de faire rêver et de mettre les protagonistes dans des situations exceptionnelles. De plus, les thèmes abordés sont en lien étroit

avec la vie et les préoccupations des jeunes lecteurs ;

- les films ont bien évidemment participé à ce succès et ont permis de voir les différents personnages et d'offrir aux lecteurs une vision du monde magique. Une véritable communauté s'est alors créée sur Internet et a permis aux fans de se retrouver dans un espace privilégié.

Le phénomène ne s'est pas limité à la jeunesse puisque de nombreux adultes ont également été charmés par les romans.

PISTES DE RÉFLEXION

QUELQUES QUESTIONS POUR APPROFONDIR SA RÉFLEXION...

- Le roman est inscrit dans le genre de la fantasy. Est-il possible d'identifier des caractéristiques qui l'attacheraient également à un autre genre littéraire ?
- Le courant de la fantasy est généralement marqué par opposition manichéenne entre le bien et le mal. Est-ce le cas dans ce tome ? Développez votre réponse en vous basant sur des extraits du roman.
- J. K. Rowling fait régulièrement usage de scènes comiques, de jeux de mots et de répliques humoristiques. Quels sont les effets produits par ces procédés ?
- L'auteure situe l'univers magique de Harry Potter au sein de notre monde et en subvertit certains éléments pour créer un décor magique. Quels en sont les effets ?
- Les valeurs et les causes que défendent les héros de ce roman peuvent être qualifiées de philosophiques ou politiques. Est-il possible de rapprocher certaines problématiques soulevées – racisme, esclavage, etc. – à des problèmes de l'actualité internationale actuelle ?
- Harry, orphelin, est confronté à de nombreuses figures masculines adultes : M. Dursley, M. Weasley, Dumbledore, Severus Rogue, Gilderoy Lockhart ou encore Lucius Malefoy. Qu'apprend Harry de chacun d'eux ?
- Ce deuxième tome est marqué par le temps cyclique de l'année scolaire et les grandes périodes qui la ponctuent. Quels effets cela a-t-il sur la lecture ?
- Le personnage de Dobby est plein d'ambivalence, à la fois

adjuvant et opposant de Harry. Quel impact a-t-il sur l'avancée de la quête de Harry ?

- Le Basilic est une créature mythologique. Peut-on en trouver d'autres dans l'ouvrage ? Quel est leur rôle ?
- La question de l'identité est très présente dans ce volet de la saga. Comment les émotions et le comportement de Harry évoluent-ils dans ce tome ?

Votre avis nous intéresse !
Laissez un commentaire sur le site de votre librairie en ligne
et partagez vos coups de cœur sur les réseaux sociaux !

POUR ALLER PLUS LOIN

ÉDITIONS DE RÉFÉRENCE

- Rowling J. K., *Harry Potter et la Chambre des secrets*, Paris, Gallimard jeunesse, coll. « Folio junior », 1998.
- Rowling J. K., *Harry Potter et la Chambre des secrets*, Paris, Gallimard, 1999.

ÉTUDES DE RÉFÉRENCE

- Augé M., *Pour une anthropologie des mondes contemporains*, Paris, Flammarion, 1994.
- Belmont N., *Mythe, conte et enfance : les écritures d'Orphée et Cendrillon*, Paris, L'Harmattan, 2010.
- Bomel-Rainelli, *Utilisation et déconstruction des stéréotypes dans le cycle Harry Potter*, in *Loxias*, n° 17, consulté le 8 octobre 2016, http://revel.unice.fr/loxias/index.html?id=1734
- « Gilderoy Lockhart », in *Pottermore*, consulté le 8 octobre 2016, https://www.pottermore.com/writing-by-jk-rowling/gilderoy-lockhart
- Grisward J. H., *Le motif de l'épée jetée au lac : la mort d'Arthur et la mort de Batradz*, Paris, Romania, 1969.
- « Harry Potter reviews, awards and distinctions », in *CCBC*, consulté le 13 octobre 2016., http://ccbc.education.wisc.edu/books/hpreviews.asp
- Vax L., « Le dragon, bête nocturne dans la littérature orale », in *Le Portique*, 2002, consulté le 8 octobre 2016, http://leportique.revues.org/171

ADAPTATION

- *Harry Potter et la Chambre des secrets*, film de Chris Colombus, avec Daniel Radcliffe dans le rôle de Harry Potter, Rupert Grint dans le rôle de Ron Weasley et Emma Watson dans le rôle d'Hermione Granger, Royaume-Uni et États-Unis, 2002.

SUR LEPETITLITTÉRAIRE.FR

- Fiche de lecture sur *Harry Potter à l'école des sorciers* de J. K. Rowling.
- Fiche de lecture sur *Harry Potter et la Coupe de feu* de J. K. Rowling.
- Fiche de lecture sur *Harry Potter et le Prisonnier d'Azkaban* de J. K. Rowling.
- Questionnaire de lecture sur *Harry Potter à l'école des sorciers*.

Retrouvez notre offre complète sur lePetitLittéraire.fr

- des fiches de lectures
- des commentaires littéraires
- des questionnaires de lecture
- des résumés

ANOUILH
- Antigone

AUSTEN
- Orgueil et Préjugés

BALZAC
- Eugénie Grandet
- Le Père Goriot
- Illusions perdues

BARJAVEL
- La Nuit des temps

BEAUMARCHAIS
- Le Mariage de Figaro

BECKETT
- En attendant Godot

BRETON
- Nadja

CAMUS
- La Peste
- Les Justes
- L'Étranger

CARRÈRE
- Limonov

CÉLINE
- Voyage au bout de la nuit

CERVANTÈS
- Don Quichotte de la Manche

CHATEAUBRIAND
- Mémoires d'outre-tombe

CHODERLOS DE LACLOS
- Les Liaisons dangereuses

CHRÉTIEN DE TROYES
- Yvain ou le Chevalier au lion

CHRISTIE
- Dix Petits Nègres

CLAUDEL
- La Petite Fille de Monsieur Linh
- Le Rapport de Brodeck

COELHO
- L'Alchimiste

CONAN DOYLE
- Le Chien des Baskerville

DAI SIJIE
- Balzac et la Petite Tailleuse chinoise

DE GAULLE
- Mémoires de guerre III. Le Salut. 1944-1946

DE VIGAN
- No et moi

DICKER
- La Vérité sur l'affaire Harry Quebert

DIDEROT
- Supplément au Voyage de Bougainville

DUMAS
• Les Trois
  Mousquetaires

ÉNARD
• Parlez-leur
  de batailles,
  de rois et
  d'éléphants

FERRARI
• Le Sermon sur la
  chute de Rome

FLAUBERT
• Madame Bovary

FRANK
• Journal
  d'Anne Frank

FRED VARGAS
• Pars vite et
  reviens tard

GARY
• La Vie devant soi

GAUDÉ
• La Mort du
  roi Tsongor
• Le Soleil des
  Scorta

GAUTIER
• La Morte
  amoureuse
• Le Capitaine
  Fracasse

GAVALDA
• 35 kilos d'espoir

GIDE
• Les
  Faux-Monnayeurs

GIONO
• Le Grand
  Troupeau
• Le Hussard
  sur le toit

GIRAUDOUX
• La guerre de
  Troie
  n'aura pas lieu

GOLDING
• Sa Majesté des
  Mouches

GRIMBERT
• Un secret

HEMINGWAY
• Le Vieil Homme
  et la Mer

HESSEL
• Indignez-vous !

HOMÈRE
• L'Odyssée

HUGO
• Le Dernier Jour
  d'un condamné
• Les Misérables
• Notre-Dame
  de Paris

HUXLEY
• Le Meilleur
  des mondes

IONESCO
• Rhinocéros
• La Cantatrice
  chauve

JARY
• Ubu roi

JENNI
• L'Art français
  de la guerre

JOFFO
• Un sac de billes

KAFKA
• La Métamorphose

KEROUAC
• Sur la route

KESSEL
• Le Lion

LARSSON
• Millenium I. Les
  hommes qui
  n'aimaient pas
  les femmes

LE CLÉZIO
• Mondo

LEVI
• Si c'est un
  homme

LEVY
• Et si c'était vrai...

MAALOUF
• Léon l'Africain

MALRAUX
• La Condition
  humaine

MARIVAUX
• La Double
  Inconstance
• Le Jeu de l'amour
  et du hasard

MARTINEZ
• Du domaine
  des murmures

MAUPASSANT
• Boule de suif
• Le Horla
• Une vie

MAURIAC
• Le Nœud
  de vipères

MAURIAC
• Le Sagouin

MÉRIMÉE
• Tamango
• Colomba

MERLE
• La mort est
  mon métier

MOLIÈRE
• Le Misanthrope
• L'Avare
• Le Bourgeois
  gentilhomme

MONTAIGNE
• Essais

MORPURGO
• Le Roi Arthur

MUSSET
• Lorenzaccio

MUSSO
• Que serais-je
  sans toi ?

NOTHOMB
• Stupeur et
  Tremblements

ORWELL
• La Ferme
  des animaux
• 1984

PAGNOL
• La Gloire de
  mon père

PANCOL
• Les Yeux jaunes
  des crocodiles

PASCAL
• Pensées

PENNAC
• Au bonheur
  des ogres

POE
• La Chute de la
  maison Usher

PROUST
• Du côté de
  chez Swann

QUENEAU
• Zazie dans
  le métro

QUIGNARD
• Tous les matins
  du monde

RABELAIS
• Gargantua

RACINE
• Andromaque
• Britannicus
• Phèdre

ROUSSEAU
• Confessions

ROSTAND
• Cyrano de
  Bergerac

ROWLING
• Harry Potter à
  l'école des sor-
  ciers

SAINT-EXUPÉRY
• Le Petit Prince
• Vol de nuit

SARTRE
• Huis clos
• La Nausée
• Les Mouches

SCHLINK
• Le Liseur

SCHMITT
- La Part de l'autre
- Oscar et la
  Dame rose

SEPULVEDA
- Le Vieux qui
  lisait des romans
  d'amour

SHAKESPEARE
- Roméo et Juliette

SIMENON
- Le Chien jaune

STEEMAN
- L'Assassin
  habite au 21

STEINBECK
- Des souris et
  des hommes

STENDHAL
- Le Rouge et
  le Noir

STEVENSON
- L'Île au trésor

SÜSKIND
- Le Parfum

TOLSTOÏ
- Anna Karénine

TOURNIER
- Vendredi ou
  la Vie sauvage

TOUSSAINT
- Fuir

UHLMAN
- L'Ami retrouvé

VERNE
- Le Tour
  du monde
  en 80 jours
- Vingt mille
  lieues sous
  les mers
- Voyage au
  centre de
  la terre

VIAN
- L'Écume des jours

VOLTAIRE
- Candide

WELLS
- La Guerre des
  mondes

YOURCENAR
- Mémoires
  d'Hadrien

ZOLA
- Au bonheur
  des dames
- L'Assommoir
- Germinal

ZWEIG
- Le Joueur
  d'échecs

www.lepetitlitteraire.fr

ISBN version numérique : 978-2-8062-9061-8
ISBN version papier : 978-2-8062-9062-5
Dépôt légal : D/2016/12603/824

Avec la collaboration de Manon Stas pour l'analyse des personnages d'Harry Potter, Hermione Granger, Ronald Weasley et Gilderoy Lockhart, ainsi que pour les chapitres « Un roman stéréotypé ? », « Un univers magique dans notre monde » et « Pistes de réflexion ».

Conception numérique : Primento,
le partenaire numérique des éditeurs.

Ce titre a été réalisé avec le soutien de la Fédération Wallonie-Bruxelles, Service général des Lettres et du Livre.